U0015831

論 現 代 興 奮 劑

Traité des excitants modernes

奧諾雷・德・巴爾札克
Honoré de Balzac

作 品

甘佳平 | 譯

《論現代興奮劑》創作時間為1839年初,1839年5月發行,原為《味覺生理學》一書之序言。在《論現代興奮劑》裡,巴爾札克談及近2百年間所生產的5種人類難以抗拒的興奮劑,分別是:酒、糖、茶、咖啡及菸草,並就其各興奮劑的來源、特色、經濟效益及對人體所造成的負面影響加以陳述。由於巴爾札克有長期飲用黑咖啡的習慣,在談到咖啡時,特別感同身受,除了提供例子印證說明咖啡的負作用外,也不忘附上幾則行家手法,由淡咖啡至濃咖啡,分享如何沖泡才能將咖啡中的尼古丁發揮到最強的效益。他對咖啡的認識及依賴可見一斑。

本書共分5個章節:問題導論、蒸餾酒、咖啡、菸草及結論。導論裡談到5種興奮劑在文中只剩下3種:除了「糖」似乎完全被遺忘了之外,「茶」也只是簡單幾行帶過。即便文章結構在某種程度上並不夠緊實,但這也可使讀者透過字裡行間對作者的親身經驗分享更感到親切、更有味道。除可了解作者的私生活外,亦可使讀者識見作者獨有的生命社會觀。

CONTENTS

前

言

*1

萬分榮幸地，出版商夏彭蒂爾先生於再
版《味覺生理學》*²時有了個想法，將此
書與我先前發行的作品——《婚姻生理
學》——並列比較、以相互呼應。因書名
稱相近，促使我為兩書的關聯性稍加解釋。

1　——出版商夏彭蒂爾 (Charpentier)在1838年8月再版了法國19世
　　紀美食家里亞－薩瓦蘭 (Brillat-Savarin)的名作《味覺生理學》
　　(*Physiologie du goût*)，書本頁面尺寸創新(in-18)，欲以此書抵抗比
　　利時的盜版書，其中亦包含了巴爾札克的33部小說及散文。8月
　　31日，夏彭蒂爾買下了再版巴爾札克《婚姻生理學》(*Physiologie
　　du mariage*) 的版權，並打算在10月底出版。接著，夏彭蒂爾又
　　有再版《味覺生理學》的想法，因而轉向巴爾札克邀文，為此
　　撰寫序言。在收了撰稿費後，因有了創寫新書的靈感，巴爾札
　　克並沒有如期交出序言。《婚姻生理學》1839年5月的再版，
　　由里亞－薩瓦蘭的朋友——易須宏男爵(le baron Richerand) 寫
　　序(une préface)；本文〈論現代興奮劑〉則是出現在此書末端，
　　並加上一則作者親筆撰寫的前言(un préambule)，表示〈論現
　　代興奮劑〉為將出版但卻夭折的新書——《社會生活病理學》
　　(*Pathologie de la vie sociale*)的一部分。——譯注。本書注釋均為譯
　　注。

2　——彭蒂爾在1838年8月再版《味覺生理學》；10月再版《婚姻
　　生理學》。《婚姻生理學》的內文首頁標示「最新版本，與同
　　出版商所發行的《味覺生理學》版本相似」。由於《味覺生理
　　學》再版的銷售反應良好，彭蒂爾計劃再追加印刷，並邀請巴
　　爾札克為此撰寫本文〈論現代興奮劑〉及其前言。因此，無論
　　是夏彭蒂爾或是巴爾札克，都一致認為應將2本「生理學」同時
　　再版。

《婚姻生理學》是我個人於1820年的處
女作。當時，只有幾個朋友看過，他們有
很長一段時間反對此書的出版。因此，
即便這本書早在1826年即已付印，卻沒
有公開販售[*3]，所以在形式上絕對沒有抄
襲的問題。有的只是我的榮幸，能和一
位本世紀思想最典雅、最自然、最有知
識的作家交會[*4]。自1820年起，本人便擬
定了1套4冊的計畫案，研究討論政治道
德、科學觀察、諷刺批評等所有一切的社
會生活。此計畫案統稱為「分析研究」
(Etudes analytiques)，早已動筆、進度一

3 ——巴爾札克的確在1826年時付印《婚姻生理學》，至於
　　提到早在1820年完成此書，我們強烈質疑這數據的真實
　　性，作者應該是希望藉此表示他對「婚姻」一議題的認
　　知、思考很早熟。

4 ——因討論主旨差異甚大，2本「生理學」在內容上的確沒
　　有抄襲的問題。但我們仍可以懷疑巴爾札克在「書名」上
　　參照了里亞－薩瓦蘭1825年的出版品；巴爾札克的《婚姻
　　生理學》於1829年才問世。

致[*5]。乃為本人作品「風俗研究」(Etudes
de mœurs)、「哲理研究」[*6] (Etudes
philosophiques)的壓軸之作。

第一冊的標題為：「教育形成分析」
(Analyse des corps enseignants)，以哲學
的觀點，對人在胚胎形成前、妊娠期、出
生後、從出生到25歲，即所謂人的「成形
期」(l'homme est *fait*)，以比前人更廣泛
的角度去深入剖析人的教育問題。例如，
盧梭的《愛彌兒》[*7] (*Emile*)，此書雖為當
時文明帶來新衝擊，但卻疏忽了人「成形

5 ──「進度一致」的說法是不正確的，作者提到的4部作
  品，有的甚至都還沒開始動筆。

6 ──《人間喜劇》分為3大部分：「風俗研究」、「哲理
  研究」及「分析研究」。其中「風俗研究」內容最為豐
  富，又可分成6大類：「私人生活場景」、「外省生活場
  景」、「巴黎生活場景」、「政治生活場景」、「軍隊
  生活場景」、「鄉村生活場景」等。

7 ──《愛彌兒》(1762)是盧梭最重要的教育著作，作為教
  育小說，解釋盧梭對兒童教育的看法。

期」的最後一階段[*8]。自從上流社會的婦
女開始負責她們子女的養育問題後，便有
了另類情感(d'autres *sentimentalités*)的產
生；社會失去了家庭所獲得的一切，又
新法案破壞了傳統家庭的結構[*9]，一股邪
惡的力量便籠罩著法國的未來[*10]。本人是
屬於那群將盧梭的革新視為禍害的人：
因為他比任何人更義無反顧地把我們的
國家推向英國式的虛偽制度，此制度入
侵了我們原有迷人的風俗民情，迫使我
們知識分子不得不鼓起勇氣來面對、抵
抗這些模仿英式者的大肆鼓吹。新教(le

8   ——《愛彌兒》將教育分為4期，分別是嬰兒期(0至2
     歲)、兒童期(3至12歲)、青年前期(12至15歲)、青年期(15
     至20歲)。巴爾札克認為盧梭忽略了20至25歲的過程。

9   ——過去上流社會婦女會把小孩的養育問題託付給專
     業、謹慎的保姆及家庭教師，小孩與家人的見面次數很
     少。19世紀後，貴族權力減弱，婦女們得開始躬身教育
     自己的孩子，家人間關係變得較為親密，小孩的唯一目
     標不再只是繼承家業。在這同時，亦開始有了一些抵制

protestantisme)[*11]及其發展出的成果，就如同它的教堂般空洞無趣，如數學題中的未知數X一樣，令人感到厭煩。

一般來說，25歲為結婚年齡，然而，以現今的社會水準來看，除了極少數例外，適婚年齡應要在30歲才是。因此，依循著行為、思想的自然順序，第二冊的標題為「婚姻生理學」，推出這部作品的主要原因是想冒險嘗試其他理論。

第三冊為「社會生活病理學」，

貴族家庭權力過盛的新法案誕生，例如「長子唯一繼承權的取消」(Suppression du droit d'aînesse)，傳統貴族家庭結構因此受到嚴重破壞。

10 ——「邪惡的力量」在這裡意指「個人主義」。「個人主義」現象及其衍生的問題為《人間喜劇》主要討論的問題之一。

11 ——英國的主要宗教，有別於巴爾札克強力支持的法國傳統宗教——天主教(le catholicisme)。

或「從數學、物理、化學及超驗性
(transcendantes)的角度思考，來探討意
志行為表現，觀察範圍涵括了所有的社會
行為，如飲食、居住、舉止、言行等方面
(暫擬為30種)」。每個人都有其與眾不同
的特性，無論接受的是好的或壞的教育；
結了婚後，其雙重生活便會開始顯露出
來。因為人必須完全服從社會一直以來帶
給他的荒誕影響，服從這個既沒有議院、
也沒有國王，即無反對黨、也無內閣的社
會法令。人的食衣住行、言談舉止、騎
馬、乘車、吸菸、酒醉、醒酒，無一不按

既定不變的準則在進行。雖然時尚流行可帶來些微改變，使規矩或繁或簡，卻很難將之完全廢除。將這些外在生活準則編成法典，探尋其哲學表現，考察其紊亂，這作品難道沒有高度的重要性嗎？這書名，看似古怪，卻獲得里亞－薩瓦蘭的認同，源於我們的一共同觀點：我們身體的一切無不反映出我們的思想，而思想常迫使我們踏上無止盡需求(les excès)的不歸路。如此一來，現實社會便會將我們的需求、對品味的追求轉換成瘡痍或疾病。因此，本冊名才會源於醫學名詞。這些症狀證實

了生理上或是心理上的病變。若一心只想
得到某東西或達成某目標，卻不了解其中
涵義及代表性，在這種狀況下，虛榮心(la
vanité)便會受挫。大家可以看見，有些百
萬大富翁每年花費2萬法郎飼養駿馬，出
門卻乘坐瘦弱如鳥的馬匹拉的破車。因
此，目前正在付印[*12]，並預定於1839年底
問世的《社會生活病理學》，乃目前國內
高雅學術界及文學界所欠缺的人類學[*13]大
全。

第四冊是「美德專論」(Monographie de

12   ——事實上，此書當時尚未委交付印。
13   ——巴爾札克的「人類學」一詞涵意廣泛，包括一般人
        文科學及人類社會生活中的一切問題。

la vertu)。本計畫很早前就已經宣告大眾，但離真正上市出版可能還有一段時間。然而，這標題足以顯示出它的重要性。它把道德比喻成一棵包含多種類別的植物，按林奈(Linné)[14]的植物學分類法分類。研究了人的形成教育、婚姻關係、及他們如何通過外在生活表現自己等。若沒有試著研究定義道德意識法則(la conscience morale)，一個與自然意識法則(la conscience naturelle)毫無相關的法則，本人的「分析研究」何嘗沒有不完整之疑慮？

14   ——林奈(亦譯為林內，1707-1778)，瑞典自然學者，為現代生物學分類命名的奠基者。

為了抵制比利時的盜版書，出版商採用壓
低價格及縮減版面大小等策略來提升2本
「生理學」的暢銷度。目前在印行的《社
會生活病理學》，必須再加上一篇〈論現
代興奮劑〉，以增加其完整性。出版商認
為，此篇文章可用來補足《味覺生理學》
一書[*15]。因此，《論現代興奮劑》源起於
《社會生活病理學》一書的摘錄。該書
另外還有幾個片段如〈步態論〉(Théorie
de la démarche)、〈梳妝論〉(Traité sur
la toilette)[*16]已出版。這些片段的出版，
在我看來，絲毫無損於即將發刊的完整

15 ——〈論現代興奮劑〉的確可以視為《味覺生理學》的
    一部分，因巴爾札克論及了里亞－薩瓦蘭所沒有分析到
    的一部分。因此，巴爾札克的文章的確是該和里亞－薩
    瓦蘭的書收錄在一起。

16 ——此片段主題應為〈風雅生活論〉(Traité de la vie
    élégante)。〈梳妝論〉則為其中最為重要的一部分。

17 ——〈馴馬原則〉為〈風雅生活論〉中的第四章節。

作品。此著作刊載了所有一切使我們痛苦或開心的社會虛榮心的相關理論及論文。對本人而言，這本書是有重要意義的，特別是在這一個爾虞我詐的社會裡，本人絕不會拿我的〈馴馬原則〉[*17]去換《柯琳》(*Corinne*)[*18]一書；在這個言語(la parole)影響力遠大於過往的社會裡，本人亦絕不會拿我的《經濟與聲音分類法》(*Economie et nomenclature des voix*)[*19]去換取《勒內》(*René*)[*20]一書。

這篇前言是非常私人的，猶如一個臭氣

18　　──《柯琳》為法國女作家斯塔爾夫人(Madame de Staël, 1766-1817)於1807年所著作的悲劇性浪漫小說，一部描寫理想與愛情的作品。

19　　──對巴爾札克而言，聲音可以顯示出一個人的性情及心理特質。從標題來看，這本書應是想整理討論人聲音的音域、聲調及其個性的關係。

20　　──《勒內》是法國19世紀作家弗朗索瓦－勒內·德·夏多布里昂(François-René de Chateaubriland)的作品。本書主角一生顛沛流離、帶有濃厚的憂鬱色彩，此書後來成為浪漫主義的代表著作。

沖天的疾病，我們一般稱之為「告示」(l'
annonce)。但它卻有其存在的必要性，以
解釋這不合常理的附錄像一道甜點般[*21]，
大膽地收錄於這本獲得大眾喜愛書本的尾
端。又如作者(里亞－薩瓦蘭)所記載，節
慶完後需豐富的美食一樣。

德[*22]・巴爾札克

21　——〈論現代興奮劑〉收錄在《味覺生理學》書末，就
　　　如同西式餐點順序一樣，正餐完畢後為甜點。這是一種
　　　謙虛的比喻。

22　——在法文，若姓氏前有「德」(de)的話，一般表示該人
　　　為貴族。然而，巴爾札克並不是出身貴族，但由於他終
　　　身希望晉升為貴族，便於1829年開始簽名「德・巴爾札
　　　克」(de Balzac)。

論現代興奮劑

一切影響及於黏膜的過度行為
均可縮短人的壽命

第七格言

I.

問題導論

近2百年來，人類陸續地發現了5種可被人體吸收的物質，並使其與經濟結合。這5種物質近年來無止盡的快速發展，使得現代社會可能因此產生無法預估的變化。它們分別是：

1. **蒸餾酒**(l'eau-de-vie)，亦稱酒精，是所有甜酒(les liqueurs)的基酒，出現於路易十四統治時代的末年。其發明的目的是要替國王驅寒、延長壽命[*1]。

2. **糖**，此物質最近幾年來開始改變人民的飲食習慣，但法國工業已能將之大量生產[*2]，並使價格恢復已往。雖然財稅部門有意課徵稅金，但其價格仍必然會繼續下降。

1　——蒸餾酒是在中古世紀由一群煉丹術士所發明的，希望可以藉此延長生命。在法國，一直到20世紀初，蒸餾酒都被視為具有醫療功能。

2　——指甜菜糖(le sucre de betterave)。13世紀，甘蔗糖從中亞傳入歐洲；17世紀，隨著發現新大陸而傳入美洲。美洲成為歐洲蔗糖的供應地，直到1806年拿破崙為了對付英國，實行大陸封鎖政策(le Blocus continental)，禁止英船來往於

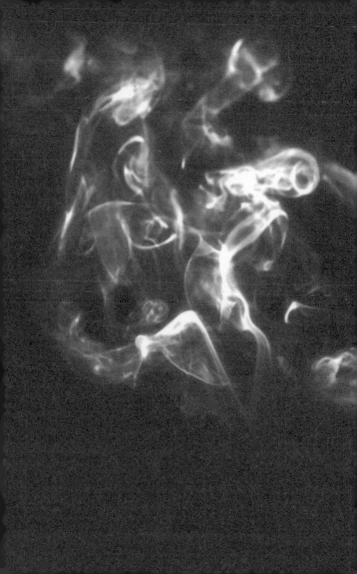

me distrait

II

les Japonais ont
une raclée ! A la
.sses !

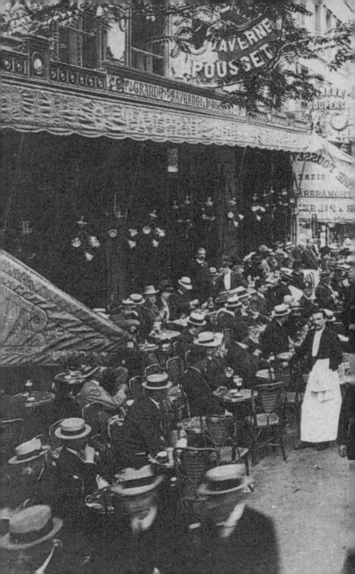

3. **茶**，近50多年[3]來開始廣受大眾接受。

4. **咖啡**，此興奮劑雖早已被阿拉伯人所發現，但歐洲於18世紀中才開始大量飲用。

5. **菸草**，法國和平安定[4]以後，法國人才開始以燃燒方式大量地吸食菸草。

我們先以整體的概念來理解提出的問題。人類會用自己一部分的力量去滿足自己的需求，而達到所謂的快感(le plaisir)，一種隨性情與氣候不同而有所差異的感覺。我們的器官即是快感的執行者，幾乎所有的器官都有雙重用途：先是攝取物質，使其被身體吸收，然後再將其重新組織，以某種形式，將全部或部分物質排放回共同的儲物處——大地，或是排放至大氣，一個所有的新生物都能從中汲取新生力量

美洲及歐洲大陸。因此，蔗糖短缺，歐洲才開始使用甜菜製糖。

3　　——茶是在法國大革命(1789)前幾年才開始慢慢地在法國流行起來。

4　　——香菸(la cigarette)是在1825年才傳入法國的。

(forces néocréatives)的寶庫。這寥寥數語概括了人類生命裡的所有化學變化,即便學者專家們也絕不會再重新鑽研定義這條自然法則,因為根本沒有意義。需要了解的是,每個人的生理機能都是完全地遵守這條法則的,沒有地域上的分別。所有過度的行為,都是由於人不願服從這條法則、想要反覆沉浸在快感裡的結果。人的精力若愈有餘暇,就愈容易被自己的思想牽就,進而追求過度的快感。

一

對一個生活在社會裡的人來說,活著,意指或快或慢地消耗自己的生命力。

由此可得出結論，社會愈文明、愈安寧，便愈有可能走上極端的道路，對某些人而言，和平是可以使其喪命的，也許正因為這個原因，拿破崙才會說：「戰爭是一個自然的狀態」(La guerre est un état naturel)[5]。

毫無例外地，攝取、吸收、分解、消化、歸還或再將之重新組合成其他物質，是所有快感的生產途徑。人將所有精力或是部分精力，發送到自己本身一個或數個器官，使其執行所指派的快感。

大自然本是要求所有器官都以同等的程度參與生命，而社會則誘使人對某些快感產

5　——意指戰爭是一個對大自然和人類來說，很自然的循環現象。

生無窮無盡的渴望。為了滿足這個欲望，
人得使用高於正常的能量，往往甚至將所
有的能量灌注到某一器官中，迫使貪婪無
厭的器官得去截取運送到其他器官的能
量，來補足它所需耗費的能量，造成其
他器官的能量輸送中斷。這就是疾病的由
來。而最終，則會導致壽命的縮短。這個
理論建立於事實基礎上，具有相當的可靠
性，而不是僅由假想猜測(*a priori*)而得到
的結果。若經常性地將生命的能量引入大
腦，以執行智力勞動工作，能力在大腦裡
展開運動，擴大柔軟的腦膜，充實大腦的
腦髓，卻因疏忽了身體其他部位，使得這
些天才罹患了醫學上得體地稱之為*性冷感*
(*la frigidité*)的疾病。相反地，若你把一
生都消磨在美人的石榴裙下，無所顧忌地

去愛，你便會成為一個沒穿道袍的方濟各會修士(un vrai Cordelier sans froc)[*6]。在這兩個至高無上的領域裡，聰明才智都無法運行，真正的能力是介於這兩個極端之間。若一個人同時過著智力及愛情生活，這天才便會死亡，就像拉斐爾(Raphaël)及拜倫勳爵(lord Byron)[*7]一樣。守貞潔但卻工作過度，可以戕身，就如同荒淫放蕩可以致命是一樣的，但這種死法極為罕見。酗菸、嗜飲咖啡、過度地抽食鴉片和酗酒會在體內引起嚴重的紊亂，使人英年早逝。如果一個器官不斷地受到刺激和接收過度的營養，便會導致畸形突變：體型會反常地增大、使人痛苦，最後會導致整個身體機能的癱瘓。

6　　——指公認為無知的人(ignorant)。

7　　——這兩個人在藝術、文學上都有高度的成就，在私生活上卻都是縱慾過度的風流人物。

依據現代的法律，每個人都有自主的權
利。但在閱讀本文後，具有被選舉權的人
和一般平民老百姓[8]，若認為拚命地抽菸
和大量的酗酒只會傷害自己本身，那他們
就大錯特錯。抽菸和酗酒會使種族退化、
禍延子孫、甚至於毀滅整個國家。一個世
代的人沒有斷送下一代人的權利。

二

飲食習慣表現一個世代的特性。

請諸位用金子將這句格言刻在飯廳裡。令
人難以理解的是，里亞－薩瓦蘭在要求科
學家增加生殖性(généstique)一詞的各種

8　——意指菸草的傷害對富人和窮人是一樣的。在法國君
　　主立憲時代(la monarchie constitutionnelle)，必須有一定的
　　財富才能具有被選舉權。1831年的組織法(la loi organique)
　　規定，若要取得這資格，其納稅金額(le cens d'éligible)需
　　高於5百法郎。

新概念後，居然忽略了人類的生產(殖)力
和能夠改變人類生命力的物質(飲食)之間
的關係。若我能在他的作品裡看到這句格
言，那我會有多麼高興啊[9]。

三

吃海鮮生女生，吃肉類生男生；
吃麵包則可成為思想哲學家。

一個民族的命運取決於其飲用的食物以及
進食量的多寡。穀類創造出藝術的民族[10]，
蒸餾酒則毀滅了印第安人[11]。對我而言，
俄羅斯是個建築在酒精上的獨裁國家，誰
又知道西班牙民族的墮落是否和過度食用

9　——「飲食習慣表現一個世代的特性」為里亞－薩瓦蘭
　　的格言；「吃海鮮生女生，吃肉類生男生；吃麵包則可
　　成為思想哲學家」則為巴爾札克的格言。巴爾札克批評
　　里亞－薩瓦蘭的分析不夠透徹，忽視了飲食及生殖力間
　　的關係。

10　——指希臘人及義大利人。

巧克力有關連呢？因為巧克力的發現，正
值西班牙欲重建羅馬帝國之際[*12]。菸草已
給予土耳其人及荷蘭人應有的懲罰，並威
脅著德國。一般來說，我們的政治家關心
他們個人的私事多於公務，除非我們把他
們的虛榮、情婦及錢財也看作是公眾之
事。他們之中沒有一個人知道過度的吸
菸、食用糖、拿馬鈴薯取代小麥[*13]，及過
度飲用蒸餾酒會將法國引向何處。

你們注意到現今及過去的偉人[*14]在髮色及
輪廓上的區別嗎？在他們身上，我們可以
看到他們代表時代的縮影及思想品行。在
今天的社會裡，我們又看到了多少各類有
才華的人，在寫了他們第一部不成氣候的
作品後，就已經開始變得疲勞不耐煩了

11 ——孟德斯鳩(Montesquieu)在其著作《我的思想》(Mes
   pensées)曾經寫道：「我們的蒸餾酒是歐洲人的新發明，
   它毀滅了無以數計的加勒比海地區土著……」

12 ——在新大陸及可可的發現後，巧克力便成了西班牙人
   的重要食品之一。15世紀的西班牙剛統一全國，開始參
   與歐洲的政治，對外勢力一路擴展到荷蘭。

13 ——馬鈴薯約在1540年由西班牙傳入法國，並於19世紀

呢？我們的前人正是這股低下意志力的始作俑者。

以下是一個在倫敦進行的實驗所得到的結果，有兩位值得信賴的人向我保證消息真實無訛。這兩人，有　人是學者，另一人是對我們將要研究的問題有充分了解的政治家[*15]。

英國政府曾允許隨意處置3名死囚，於是我們就讓他們選擇按英國的傳統刑法絞死，或者其中一人一整天只能喝茶、一個人只能喝咖啡，另一人只能喝可可，並不能吃任何的東西或喝任何其他飲品。這3個傢伙居然答應了，或許其他死刑犯也都會做同樣的決定吧。由於每種食物帶來的

初期開始大量種植，由於價格便宜，廣受大眾歡迎，很快地就成為買不起白麵包的窮人的主食之一。

14　——作者及其他一些當代的思想政治家都認為在法國大革命的前夕，法國貴族的沒落是可以從他們的變形的體型上觀察出來的。

15　——我們找不到這實驗的原始相關記錄，也不清楚這兩人的真實身分。

生存希望並不一定，他們便抽籤決定。

只喝可可的人在8個月後離世。
只喝咖啡的人在2年後離世。
只喝茶的人3年後才離世。
我懷疑西印度公司是為了商業上的利益才
要求進行這個實驗的。

喝可可的那個人死相悲慘，全身腐爛，布
滿蛆蟲，四肢就像西班牙王政一樣，一一
分離掉落。

喝咖啡的那人死相焦黑，就像是被戈摩爾
(Gomorrhe)[*16]的火燒過似的。我們甚至可
以將他煉成石灰，曾經就有人提出了這樣
一個建議，但這個實驗與靈魂永生不死的

16　　——根據《創世紀》(La Genèse)裡記載，戈摩爾及索多
　　　瑪(Sodome)兩個城市由於當地風俗民情敗壞，所以在亞
　　　伯拉罕(Abraham)時代，被上帝下令的一場火雨給完全燒
　　　滅。

說法互相矛盾。

喝茶的那個人變得非常地瘦弱且身體呈現半透明狀態，死因為體力耗盡，猶如一盞耗盡蠟油的枯燈一樣。人的目光甚至可以透視他的身體。一位人文學家在遺體後方放了盞燈，透出的光線居然足以讓他閱讀《時代周刊》（*Le Times*）。由於英國禮儀限制的關係，我們不能再繼續做一些更新穎的實驗。

我必須強調的是，不粗暴地將死刑犯斷頭（guillotiner），而將之別作他用，是一件多麼仁慈的事。人們早已拿競技場上的尸蠟*[17]來做蠟燭，我們不該停留在這個階段。希望今後都我們能將死刑犯交付給學

17　——動物屍體分解後所剩的脂肪。

者專家,而不是再將之交給劊子手。

在法國,也進行了一項與糖相關的實驗。
馬將迪先生(M. Magendie)只使用糖來飼
養幾條狗,試驗的可怕結果以及這些人類
好朋友的死亡原因(牠們和人類有一樣的
惡習,都愛玩),都已被公布。但此研究
結果目前仍無法正面解釋我們正在探討的
問題[*18]。

18　——馬將迪於1817年出版論文《缺氮物質的營養特性》
(*Mémoire sur les propriétés nutritives des substances qui ne
contiennent pas d'azote*),談到本文所談及的試驗。當時有
些生物學家認為,那3個英國囚犯和馬將迪的狗是可以在
單一食物中(可可、咖啡、茶、糖)獲得均衡食物所提供的
一切物質,與巴爾札克的理論截然不同。

II.

蒸 餾 酒

首先揭曉發酵定律的是葡萄。發酵是葡萄
的各種成分在空氣的催使下產生出來的結
果，我們可以從中以蒸餾的方式取得酒
精。後來，化學家們又在許多的植物中發
現酒精的存在。葡萄酒，最直接自然的發
酵物，為歷史最悠久的興奮劑。所有的君
王，在所有的喜慶場合下，都不忘以酒助
興。這種做法，在現今社會裡已廣被大眾
接受。也因此，酒為殘害最多的人的興奮
劑。人們曾經對霍亂[*1]談虎色變，酒精則
是另一種大禍害。

誰從未注意到，在巴黎中央市場附近，
每天早上2點到5點之間，由一大群男
男女女所組成的壁毯(cette tapisserie
humaine)？他們都是蒸餾酒商的常客。簡

1 ——1832年為法國霍亂猖獗的時期。

陋不堪的酒鋪雖遠比不上倫敦專為狂飲客
所設的豪華殿堂，但後果卻都是一樣的。
「壁毯」這詞很貼切，因為襤褸的衣衫和
人的臉渾然一體，你根本分不出哪裡是破
衣衫、哪裡是肉體；看不出哪邊是帽子、
哪邊是鼻子；臉孔還常常比你看到的破爛
衣塊還要來得骯髒，你仔細詳端這些恐
怖、發育不良的人就會發現，在酒精的作
用下，他們臉色泛黃、蒼白、全身泛青、
扭曲。也由於這些人生產出了不良的後代
之故，巴黎街頭才會出現了這些可憎的頑
童[*2]。從這些賣酒櫃檯邊走出來的瘦弱不
堪的人均屬於工人階級。而巴黎大部分
的妓女也常都是因為酗烈酒過度而身亡[*3]
的。

2 —— 巴爾札克應為第一個開始注意到巴黎頑童現象的
   人。他曾於1830年11月在《諷刺》(*La Caricature*)期刊上
   發表了一篇相關文章〈La reconnaissance du gamin〉。

3 —— 1836年，法國醫生帕朗－杜沙特列(Parent-
   Duchâtelet)在其作品〈從公共衛生、道德、及行政角度
   探討巴黎之情色行業〉(De la prostitution dans la ville de
   Paris, considérée sous le rapport de l'hygiène publique, de la
   morale et de l'administration)，有對妓女酗酒一事提出強烈
   警告。

作為一個觀察者，我不能不知道酒醉帶
來的結果。我必須研究了解這吸引平民
老百姓、甚至謝立丹(Sheridan)、拜倫及
其他眾多人(*e tutti quanti*)的快感。但這
並不簡單，因我一向喝白開水，也許我
長期喝咖啡的習慣能幫助我達成目標。
葡萄酒，不管我喝多少[*4]，在我身上都起
不了任何的作用，我是一個很花錢的客
人。一位朋友得知了這件消息，起了想使
我開戒的念頭；由於我也從未吸過菸，
所以朋友想將我的第一次獻給眾神(*diis
ignotis*, aux dieux inconnus)的想法是勝
利在望的。就這樣，在1822年，巴黎義
大利戲劇院[*5] (Théatre-Italien)有演出的
某天，我這位朋友向我挑戰，要讓我忘掉
羅西尼(Rossini)、森蒂(la Cinti)、勒瓦瑟

4 —— 根據勾芝龍(Gozlan)的記述，巴爾札克只喝水跟大量
的咖啡，並不喝酒的。

5 —— 義大利戲劇院為19世紀一些名人紳士常出入的時尚
場合。巴爾札克本身及《人間喜劇》的人物也常會去劇
院包廂(les loges)探訪朋友。

(Levasseur)、博爾多尼(Bordogni)，及芭斯塔(la Pasta)*6的音樂，但他從甜點後就開始一直盯著一座長沙發看，直到最後倒身躺在上面睡著。17只空瓶成了他失敗的見證。但由於他一開始強迫我抽了2支雪茄，在下樓梯時，我感受到了菸草的作用。感覺上，階梯好像是用軟綿綿的東西製造而成的，但我仍昂首闊步地上了馬車，身體還算筆直，態度還算莊嚴，但不太能夠說話。上了車，我好像進到了火爐一般，我搖下了窗，外面的空氣終於，套句酒鬼們的專業術語，把我給**打垮**(taper)了。我驚訝地看著一片模糊的大自然。滑稽戲劇院(le Bouffons Théatre)的階梯好像比剛剛的更加柔軟，但我仍是毫無差錯地走到樓廳(au balcon)上的座位坐下來。

6　——森蒂為法國著名的女高音歌唱家；勒瓦瑟為法國男音歌唱家；博爾多尼則為義大利的男高音歌唱家。

真不敢確定我人是在巴黎，身邊圍著一群
使人看了眼花繚亂的人，因為我根本看
不清他們的穿著及長相，我的靈魂也昏
醉了。我聽到的《喜鵲扒手》(*La Gazza
ladra*, La pie voleuse)的開頭，就像陣陣
的仙樂從天上飄落到一位心醉神迷的女人
耳裡一樣。我所聽到的歌詞，穿透過熠熠
的雲彩，剔除了人類作品中的一切瑕疵，
只充滿著藝術家所灌注的高尚情感。整個
樂隊在我看來就像一個大樂器，奏出了一
部實在不怎麼樣的作品，我既跟不上節
奏，亦不懂得其中技巧，而只是模模糊糊
地看見了低音大提琴的琴頸、來回移動的
琴弓、長號金色的曲管、單簧管、燈光
等，但卻看不見半個人影。只看見了一、
兩個撲了粉的頭；一動也不動的，和兩張

浮腫的臉孔，齜牙咧嘴的，令我感到很不
安。我朦朦朧朧的、在半睡半醒間。

「這位先生一身酒味」，一位夫人低聲說
道。她的帽子多次碰到我的臉頰，而我的
臉頰也在不知不覺中快碰到她了。

我承認，我當時的確生氣了。

「不，夫人」，我回答道，「是一身音樂
味」。接著我便挺起身子走了出去，鎮靜
而冷漠得像一位不被欣賞的人，拂袖而
退，讓那些批評他的人感到不安，彷彿得
罪了一位絕世天才。為了向這位夫人證明
我不可能濫飲無度，身上的酒味只不過是
場莫名的意外，和我平日的生活習性絕對

無任何關係，我決定到某某公爵夫人(我
們姑隱其名)的包廂裡去探訪她。我看見
這位夫人美麗的頭上竟被些奇怪的**羽毛裝**
飾及蕾絲花邊包圍著，因而忍不住想去確
認一下這不合宜的頭飾究竟是不是真的，
或者只是我這幾個小時來的特殊視覺所造
成的假象。

「等我到了那裡」，我心裡想著，「在這
如此高雅尊貴的夫人及她那如此嬌媚，又
如此一本正經朋友中間時，誰也再不能懷
疑我喝了酒，而且他們還可能會以為我是
個被兩位朋友陪伴著，具有高貴身分的人
呢」。但我仍繼續在義大利戲劇院裡無窮
無盡的長廊上晃著走著，就是找不到那扇
包廂該死的門。突然間，散場了，人群一

湧而出，把我推擠到牆壁邊上。這個晚上
肯定是我人生中最富詩意的一晚。我從沒
見過如此多的羽毛、如此多的蕾絲花邊、
如此多的美貌女子，和如此多的橢圓形的
小玻璃窗，一些好奇的人及戀愛中的人都
想一窺究竟的包廂窗戶。我從來沒有費盡
如此多的精力，也從未表現出如此志氣，
甚至可以說是固執，這一切不過就是為
了個自尊。荷蘭國王威廉在比利時問題[*7]
上的堅持，比起我努力保持著踮著腳尖、
露出優雅的笑容，簡直就算不了什麼。不
過，在這之中，我也曾經生氣、也掉過
淚，在那時，我就比荷蘭國王略遜一籌
了。而且，我還一直想著若我不曾在公爵
夫人及她朋友那頭出現，那位夫人會對我
產生什麼樣的看法，諸如此類可怕的想法

7 —— 1831年，荷蘭國王威廉統率軍隊，於4月入侵比利
時，打贏了幾次勝仗，在但法國的干預之下，威廉不得
不放棄一切、打道回府。

使我感到非常地痛苦。我只好藉由藐視人
類來安慰我自己。然而，我錯了。那天晚
上，在滑稽戲劇院看戲的人，有不少是政
商名流，大家都注意到我了，紛紛走避，
以利我通行。最後，甚至有位十分貌美的
夫人伸出手臂，讓我挽著走出去。幸虧有
羅西尼[8]，才得以有這一切禮貌的行為，
因他當時跟我說了一些恭維的話。內容我
現在已想不起來了，不過一定是很有學問
的話，因為他的談吐和他的音樂一樣地出
色。那位夫人，我想應是位公爵夫人，亦
或是劇院裡的女引座員。我的記憶很模
糊，所以我想是女引座員的可能性來得大
些。但這女人頭上戴著羽毛飾品及蕾絲花
邊。又是羽毛！又是蕾絲花邊！總之，我
之所以會回到馬車上，主要的原因是因為

8 —— 事實上，羅西尼1822年時人並不在巴黎，所以也不
可能跟當時還默默無名的巴爾札克說「恭維」的話。但
這插曲有可能發生在1832年。

我感覺到有一點受傷，想到我和我的馬車
伕的共同點[*9]，他一個人在義大利廣場上
睡著了。當時大雨如注，但我印象中沒有
被雨滴到。我生平第一次感受到一種最強
烈、最難以置信的歡樂、難以形容的快
感，一種在半夜11點半穿越巴黎感受到的
那種樂趣。在路燈間快速地奔馳著，看著
無數的商店、燈光、招牌、臉孔、人群、
打著傘的女人、被奇幻的燈光打亮的街
角、闃黑的廣場。透過傾斜的大雨觀望出
去，會有種錯誤的想法，好像很多東西在
白天的時候曾在哪裡見過似的。接著，又
看到了羽毛！又看了蕾絲花邊，甚至在蛋
糕店裡也不例外。

從那個時候開始，我便深刻地體會到酒醉

9　　—— 馬車伕常給人酒醉的刻板印象。此時的巴爾札克亦
　　是酒醉的。

的快感。酒醉能使現實生活蒙上一層輕
紗，使人不再感到難過、痛苦，放下思考
的重擔。於是，我們終於明白為什麼偉大
的天才總嗜酒、為什麼平民老百姓會沉湎
於酒精了。酒不會促使腦筋靈活，反而使
人的頭腦渾沌；酒不會刺激胃的反應，將
之導向大腦，促進大腦活動力。在喝完一
瓶酒後，舌突(les papilles)顏色變深、行
動緩慢、喪失味覺。所以喝酒的人是喝不
出甜酒的甘醇的；酒精下肚後，有一部分
直接進入了血液。因此，請你銘記下面這
句格言：

四

酒醉是短暫中毒。

經常性中毒的結果，酗酒者的血液會發生變化，改變其規律運作和其中成分，導致體內循環紊亂。所以，絕大部分的酗酒者會喪失生殖能力，或是生殖機能衰退，而生出先天性腦積水的小孩。別忘了觀察酗酒者在喝酒後的隔天，或常常就在暢飲完之後，感到口渴難熬。這種渴的原因是因為胃液及唾液都集中在胃部。因此可以證明我們的結論是正確無誤的。

III.

咖 啡

關於這個問題，里亞－薩瓦蘭的分析完全
不夠徹底。因為我自己喝咖啡，我可以就
他有關咖啡的言論做一些補充，並以較廣
泛的範圍角度去觀察咖啡的作用。咖啡是
一種體內加熱劑。很多人認為咖啡可以使
人頭腦清楚，但大家也應該發現，討人厭
的人，喝了咖啡之後反而更令人討厭。最
後，即使巴黎的食品雜貨店營業到深夜12
點，某些作家也沒有因此變得更才華洋
溢。

正如里亞－薩瓦蘭精確地觀察解釋，咖啡
能使人血液暢通，激發出思考的動力，是
一種可以促進消化、提神、使大腦運作更
加持久的興奮劑。

接著，我想利用我個人的經驗和幾位偉人
的看法，對里亞－薩瓦蘭的相關文章做些
修正。

咖啡對橫膈膜和胃的神經叢(les plexus de
l'estomac)起作用，經由不知名且無法了
解的輻射作用抵達大腦。但我們仍可以推
斷，咖啡釋出的神經液(le fluide nerveux)
就如同一電流導體，使咖啡在體內產生作
用。然而，它產生的影響既非恆久、也非
絕對。羅西尼在他身上體會到我在自己身
上所觀察到的咖啡作用。

「咖啡的作用」，他對我說，「可以延續
15至20日」，剛好足夠寫一部歌劇。

這是真的。但咖啡的正面作用時間還可以
更長。這個科學知識對很多人來說相當重
要，所以有必要把獲得這寶貴成效的方式
清楚說明一番。

各位，偉大的人形蠟燭，從頭頂開始燃燒
的蠟燭，請靠過來仔細聆聽熬夜趕工及智
力勞動的聖經福音吧！

1. 按土耳其方式搗碎(concassé)的咖啡，
香味比研磨(moulu)的咖啡要來的濃郁許
多。

在很多享樂的技巧上，東方人比歐洲人更
為專精。東方人的觀察能力就像隻癩蛤蟆
成年累月地蹲在地洞裡一樣，只用牠們兩

只像太陽般金色的眼睛就能從事實裡觀察
出我們得透過科學分析才能得到的結果。
咖啡裡有害的成分是丹寧酸(又稱鞣酸,
tannin),一種尚未讓科學家研究透徹的
物質。當胃的黏膜受到丹寧酸影響,或
喝咖啡的次數太頻繁,咖啡裡特有的丹寧
酸會使胃的黏膜反應遲鈍、黏膜停止強烈
的收縮,而這收縮正是勞動工作者所需要
的。熱愛咖啡的人若持續地狂飲下去,體
內便會產生嚴重的紊亂。倫敦有一個人,
毫無控制地狂飲咖啡,身體扭曲的就像老
年痛風患者一樣。我認識一位巴黎的雕刻
家,他花了整整5年時間才治癒了愛喝咖
啡所帶來的後果。最後,還有位名叫希
那華(Chenavard)[*1]的藝術家死了,死相焦
黑。他去咖啡館就如工人進酒鋪一樣的頻

1   ——希那華(1798-1838),法國裝飾藝術家。

繁。熱中此道的人就像發展興趣一樣,愈來愈著迷,就像尼柯列(Nicolet)[*2]一樣,愈來愈厲害,直到超越限度。把咖啡搗碎,咖啡碎成奇形怪狀的分子,包住丹寧酸,只釋放其香味,就是為什麼義大利人、威尼斯人、希臘人和土耳其人能夠不停地喝著法國人蔑稱為*咖啡末*(du *cafiot*)的咖啡,而沒有任何危險的原因。伏爾泰喝的正是這種咖啡。

因此,請記得咖啡有兩種成分:其一是可被熱水或冷水迅速溶解的可溶物質,也就是香味的由來;其二是丹寧酸,難溶於水,脫離外殼組織的過程緩慢且困難。由此可得以下格言:

2   ——尼柯列(1710-1796)是法國18世紀的走鋼絲演員,表演精采刺激,因此「愈來愈厲害,就像尼柯列一樣」(De plus en plus fort, comme chez Nicolet)就成了一句家喻戶曉的諺語。

五

讓開水，尤其是長時間讓熱開水與咖啡接
觸是一種邪道；用剩下的渣水煮咖啡，等
於把腸胃及其他器官交給丹寧酸糟蹋。

2. 若以永垂不朽的德・貝洛瓦(de Belloy)
咖啡壺，而不是杜貝洛瓦(Dubelloy)[*3]的
咖啡壺來調理咖啡(有幸於德・貝洛瓦的
沉思與研究，發明了這個遍及全球的調理
咖啡方式；他亦是紅衣主教的表弟，且與
紅衣主教一樣，出身於德・貝洛瓦侯爵聲
威名望家族)[*4]，冷泡的咖啡會比熱水沖出
的咖啡的效果還要好。這是增加咖啡功效
的第二種方式。

3   ——里亞－薩瓦蘭將德・貝洛瓦(de Belloy)的名字寫成杜
     貝洛瓦(Dubelloy)。德・貝洛瓦發明的咖啡壺廣受歡迎，
     是一種由2個壺罐重疊組成，一般由白鐵製成的咖啡壺。
4   ——括號裡談到威名八方的德・貝洛瓦家族是因為巴爾
     札克想到他的祕書兼合作人奧古斯特(Auguste de Belloy)，
     此人為紅衣主教德・貝洛瓦(1709-1808)的曾侄子。

若你是採用研磨方式，你會同時將香味及
丹寧酸分解出來。滿足了口福，但亦同時
刺激了神經叢(les plexus)，而影響了上千
個腦皮囊。

因此，咖啡有兩種，按土耳其方式搗碎的
咖啡及研磨式咖啡。

3. 咖啡的濃度取決於上層容器內放置的咖
啡量、擠壓的程度及用水的多寡。這是第
三種調理咖啡的方式。

因此，在第一段時間內，1個星期或最多2
個星期，你可以先喝一杯，再慢慢增至2
杯，由搗碎方式沖泡的咖啡，咖啡量循序
漸進，用熱水沖泡。

接著一個星期，可以用利用冷泡、研磨、
擠壓等方式並減少注入的水，來獲得同等
效能的提神的作用。

當你已經到了把咖啡壓得最緊、水加得最
少的時候，你可以增加飲量，藉由第二
杯、第三杯來取得起勁的效果。這樣還可
以持續個好幾天。

最後，我個人發現了一個很可怕且殘忍的
方式，所以我只推薦給精力旺盛、有著一
頭烏黑健康的頭髮、皮膚為朱紅色，接近
鮮紅色，手掌方大、兩條腿像路易十五廣
場*5上的柱子一樣健壯的人。這方法是使
用研磨、緊壓、冷沖及無水(Anhydre，化
學名詞，意思是加很少水或甚至不加水)

5 ——即今日的協和廣場。

沖泡，空腹時喝。這種咖啡進到你的胃
裡，而你的胃，可以從里亞－薩瓦蘭的作
品裡知道，有如一個內壁布滿著天鵝絨般
的袋子，覆蓋著吸盤(des suçoirs)和乳頭
狀突(des papilles)。胃裡除了咖啡外，什
麼也沒有。於是，咖啡便開始攻擊這敏感
且柔軟舒服的內層袋，成為一種強制分泌
胃液的食物，它扭擰著這些吸盤和乳頭狀
突，就像女巫呼喚著神一樣。它粗暴地對
待胃壁，猶如一名馬車伕百般粗魯地對待
一匹年輕的馬。神經叢著了火，將火花一
直傳送到大腦。於是，身體內部一切全都
動了起來：腦中的想法(les idées)動搖得
就像戰場上拿破崙大軍的一支營隊一樣，
奮勇迎戰。「記憶」(les souvenirs)已就
定位，展開軍旗；「比較、對照」(les

comparaisons)就像輕騎兵，在策馬飛馳中整理好隊型；「邏輯」(la logique)就像炮兵，急忙地帶著炮車及炮筒趕到；「機智才能」(un trait d'esprit)則變裝成狙擊手。寫作技巧開始浮現於腦海，白紙上布滿墨水筆跡，欲罷不能、徹夜通宵，直到黑墨汁如黑色豪雨般地下滿整桌紙張。猶如戰爭在黑色粉末撒滿天後結束一樣[*6]。

我曾經推薦一位趕著隔天交稿的朋友喝這種咖啡，結果，他以為自己中了毒，躺到床上後就起不來了，就像個剛結婚的新娘。這位朋友身材高大、有著稀疏的金髮，但薄薄的胃壁就像是用混凝紙漿糊成的一般。這都怪我事先缺乏謹慎的觀察。

6　——勾芝龍在他的書裡記載著咖啡對巴爾札克的重要性：「晚餐過後，他就開始準備對他意義深遠的咖啡，一種歷史性的咖啡，就連伏爾泰喝的咖啡也無法媲美。他很謹慎地煮著咖啡、很謹慎地親自去採購，因為這前所未有的咖啡是由3種不同的咖啡豆混合沖泡而成的：有波旁(le bourbon)、摩卡(le moka)及馬提尼克(le

當你已經到達空腹喝咖啡、分泌最多胃液的境界後，若還是沒有限制地狂飲下去，你就會全身冒汗、神經衰弱、昏昏欲睡。我並不知道接下來會發生什麼樣的事，只是理智的本能勸我別再喝了，因為不想被判處死刑。我們應該要多吃奶製品、雞肉及白肉。最後，要放鬆緊繃的情緒，回到優閒自在、旅居、簡單、隱居的生活，有如中產階級(又譯布爾喬亞，bourgeois)的退休人士一般。

在這些嚴謹的條件下空腹喝咖啡，會使你的精神異常地亢奮，猶如生氣般那樣激動，聲調拉高，舉手投足間顯露一種病態的煩躁，想要一切都跟上自己跳躍式想法的腳步。我們會變得輕率，容易為了一點

martinique)3種咖啡豆。他去白朗峰路上(la rue du Mont-Blanc)買其中一種咖啡豆；去老聖母升天修女會路上(la rue des Vieilles-Haudriettes)買第二種咖啡豆；再去大學路上(la rue de l'Université)買第三種咖啡豆。喝了咖啡後，約晚上8時，他上樓回房，強迫自己入睡，直到半夜12點，他的僕人來叫醒他。他起身後便開始拚命地辛勤寫作，日復一日，直到他體力殆盡、英年早逝。」

小事而怒氣大發。脾氣善變的像個常被雜
貨店老闆埋怨的詩人。會希望別人也可以
跟我們一樣頭腦清楚。一個聰明的人應該
要懂得如何避開人群、減少與他人相處的
時間，我是在幾次偶然的情況下發現這種
奇怪的現象，與大眾同堂歡樂會無故地使
我失去了本來的亢奮狀態(l'exaltation)。
有一次在鄉下的朋友家裡，他們發現我當
時十分易怒、熱中於和朋友爭論不休，討
論問題時也不願低頭服輸。隔天，我承
認了錯誤，大家於是開始尋找原因。那
些朋友都是一流的學者，很快地我們就
發現：原來是咖啡在尋找它的戰利品(une
proie)[*7]。

7　　——作者在解釋他的寫作創作過程。對他而言，若要能
　　　寫出好的作品，必得身處於「亢奮」的狀態。然而，人
　　　會勞累，且亢奮狀態也有一定的持續時間。因此，為維
　　　持寫作的精力，就唯有咖啡一條路，即使他內心清楚明
　　　白過量的咖啡是會讓他犧牲掉生命的——成為咖啡的「戰
　　　利品」。

以上這些觀察都是確切無誤的，只有一些
特異體質的反應會略有變化。此外，這些
現象和許多人的經驗相互吻合。這些人
裡，有頂頂有名的羅西尼，他是對味覺法
則最有研究的人士之一，是個可以與里
亞－薩瓦蘭並駕齊驅的的英雄人物。

觀察發現──在某些體質柔弱的人身上，
咖啡會引起大腦充血，但這現象並不危
險。咖啡刺激不了這些人，相反地，反
會使他們昏昏欲睡，並直說咖啡讓他們想
睡覺。這些人可能有著雄鹿的腿、駝鳥的
胃，但他們卻沒有具備智力工作的條件
(mal *outillés*)。兩位年輕旅者，孔寶(MM.
Combes)及塔米西歇(Tamisier)觀察到阿
比西尼亞人(Abyssiniens)[*8]絕大部分都是

8　　──孔寶及塔米西歇為法國的遊記家，曾發表《阿比西
　　　尼亞遊記》(*Voyage en Abyssinie*)。

性無能。很快地，兩位旅者即領會到阿比西尼亞人嗜飲咖啡，飲量無度，是這性無能的主要原因。如果這本書能傳到英國，請求英國政府可以盡快在一名囚犯身上解決這個重要的疑惑。只希望這名犯人不會是個女人或老頭。

茶中也含有丹寧酸，但這種丹寧酸有麻醉的功效，並不會波及大腦，只會影響神經叢及胃腸系統；而且，相較於大腦，胃腸系統可以更準確迅速地吸收這種麻醉劑。一直到今天，沏茶的方式都還是那麼地傳統絕對，所以我並不清楚在嗜茶人喝的茶裡，水和所取得功效之間的比例關係。如果英國人的實驗結果可靠，我們可以認為茶是英式道德思想、英國女子臉色灰白、

英式虛偽及英式惡意誹謗的罪魁禍首。可
以確認的一點是，茶對女人的心理及生理
造成了一樣嚴重的傷害。有喝茶的女人的
愛情觀點肯定是受到扭曲的；這些女人蒼
白、病懨懨、多話、討人厭又愛說教。體
質強壯的人若喝下大量的濃茶，會進入一
種極度憂鬱的情緒。茶也會使人做夢，但
不像鴉片那樣來得嚴重，因為這種幻覺使
人進入了一種灰色朦朧的氣氛裡，夢的內
容會變得像金髮女人一樣的溫和。你的狀
態並非像個體強力壯的人因為累了而倒頭
熟睡那樣，而是一種難以言喻的半睡半醒
狀態，如同清晨遐想那般。酗咖啡和酗茶
一樣，會使皮膚變得非常乾燥，產生灼熱
的痛楚感。咖啡會使人經常盜汗，感到百
般口渴。飲用無度的人唾液則會變得黏
稠，且幾乎不再有唾液。

IV.

菸草

我把菸草留到最後一部分，並不是沒有原因的。首先，這是最晚被發現的興奮劑，再來，他的上癮性比起其他興奮劑又是最強的。

大自然對我們的快感設了限度。我不是想批評浪漫愛情者的執著奮鬥，亦不想驚嚇到態度較為保守的人。但有一件事是千真萬確的，海克力斯(Hercule)[*1]是因為完成了他第十二項任務才變得有名的[*2]，這是一件當時大家都覺得很了不起的事情。但對一個現今的女人而言，雪茄帶給她的痛苦遠比激情的愛情還要多。至於糖，是一個在短時間內就會令人感到厭煩的東西，甚至對小孩子而言也是如此。烈酒的話，飲用過度約只有2年的存活時間。喝咖啡

1   ——希臘語為Héraclès。海克力斯，力大英勇，一生充滿傳奇，曾殺了涅墨亞獅子、九頭蛇海德拉等共12項超凡壯舉。

2   ——指的應是海克力斯的第十三項任務，一個比起其他任務要來得放蕩的任務。一名語言學專家浦格斯塔(Hammer-Purgstall, 1774-1856)在寫給巴爾札克的信裡提

過量則會導致生病，因而被迫停止飲用。但吸菸則相反，人們誤以為可以永無止盡地吸食下去，這個想法是錯誤的。布魯塞(Brousssais)的菸癮很大，他的體格強壯得像海克力斯，如果不是操勞過度和抽食大量雪茄的話，本來是可以活到上百歲的。因此，即便他體強力壯，他也剛在人生中最美好的時光裡離開人世了。最後，還有另一位紳士，由於吸菸，喉部組織壞死無法割治，終於一命嗚呼。

令人難以想像的是，里亞－薩瓦蘭在將其作品命名為《味覺生理學》後，並在精確的解釋鼻腔及口腔在品嘗美味中扮演的角色後，居然忽略掉了菸草這一部分。

到：「我太老了，是沒有機會見到你完成海克力斯與50名完整的處女共渡春宵的職務的(意指完成《人間喜劇》)。」接著，又在附錄裡補充說明海克力斯與巴爾札克的共同點：「的確，海克力斯是在一夜裡破身了50名女子，而你，則可以借用路易十四的名言：「沒有輸給這英雄人物(*illi non impar*, pas inférieur à cet illustre personage)」。

過去，菸草是用鼻子吸食，而今日的菸草則是用嘴巴吸食。因此，就如同里亞－薩瓦蘭在我們身上觀察到，今日菸草影響了雙重器官：顎及其黏連部分、鼻腔。的確，當初這位傑出的老師在撰寫他的作品時，菸草尚未像今天這樣地廣面入侵法國社會。在過去一個世紀裡，人們吸食菸草是以搓磨菸草粉的方式，有別於今日的燃燒式菸草。自此之後，香菸開始侵擾整個社會。人類怎麼也沒想過當煙囪也可帶來快感。

一開始吸菸，會有強烈的暈眩感。剛會吸菸的人大多會出現唾液分泌過多，往往還伴隨著噁心、嘔吐的症狀。棄這些身體發出的警告於不顧，吸菸者仍我行我

素、漸漸適應，這個痛苦的學習過程會
持續好幾個月，最後，終於像米替達得
(Mithridate)*³那般地取得勝利，進入了天
堂。該如何形容菸草所達到的境界呢？於
麵包及菸草兩者之間，貧窮的人會毫不猶
豫地選擇後者。連穿著靴子在瀝青路上走
著*⁴、情婦還得為他日夜拚命工作的寒酸
年輕人，也會做出和窮人相同的選擇。若
你有敵人要鏟除，只要支付一包菸草當酬
勞，平時躲在無人可達的岩洞或是走在沙
灘邊觀察路人的科西嘉島強盜就可以幫你
完成使命。一些絕頂聰明的人也承認，
菸草可以幫助他們度過難關。在心愛的
女人及菸草之間，多情的紳士也會毫不
猶豫地捨棄美人；就如同一個囚犯若可以
在監獄找到抽不完的菸草，也會捨不得離

3 ——米替達得國王(132-63 BC)害怕中毒喪命，因而開始
研究各種有毒性的植物。傳說中，他因服用了各種小劑
量毒素，使身體產生了耐毒性。
4 ——當時的富人都以馬車代步。

開一樣。這種快感到底具有什麼樣的神奇
力量，可以讓一個國王中的國王願意拿他
一半的國家財富去換取、可以讓窮困的老
百姓繼續自甘墮落呢？這種快感是我無法
接受的。人們應該感謝我體悟出以下這格
言：

六

吸雪茄如同吸火。

有幸於喬治桑(George Sand)，我才得
以明白這道理。我只接受印度式水菸
(houka)或者是波斯人的水菸(narguilé)。
東方人在物質享受上，無可厚非比我們要

來得高明許多。

印度式水菸，和波斯人的水菸是一樣的，是一種非常優雅的菸具。水菸器具非凡特殊的造型可以帶給吸食者一種貴族式的優越感，就連中產階級[*5]看了都為之震驚的高雅。菸具就像儲水器，壺肚鼓大得像只日本壺。最上頭有個陶瓷製的小器皿，是拿來裝菸草、廣藿香及其他一些想吸食的物質。有許多各類的植物都是可以吸食的，一種比一種更可以使人放鬆愉快。水菸經由外裹絲縷及銀絲的皮製長菸管流出，管嘴伸進上瓶壺，下瓶壺則裝滿有香氣的水，於管由上而下將兩個瓶壺串連在一起。當你吸食水菸時，瓶壺中產生真空現象，菸穿越水氣，再送到嘴裡。在這穿

5 ——法國貴族的特殊教育、待人處事、行為舉止等一直都是中產階級急於學習的對象，想藉此提升自己的社會地位，與血統純正的優越族群並駕齊驅。

越的過程裡，水可以淨化菸的焦味，使菸
變得清爽、具香味，又不失植物炭化後產
生的獨特優點。菸在螺旋狀的皮管中，蜿
蜒攀升到達你的上顎，就像一位純淨、芬
芳、潔白、迷人的年輕少女躺在她丈夫的
床上似的。菸在口中散開，充滿整個口
腔，再往上攀爬至大腦，就像悠揚悅耳的
祈禱聲、充滿香氣，直達天堂。你躺在長
沙發上、優閒地吸著菸，想而不累、不飲
而醉。沒有喝完香檳後那種糖漿的噁心
感，亦沒有飲完咖啡後那種精神疲勞的感
覺。你的大腦獲得了新能量，你感受不到
你沉重的大腦骨蓋，你展翅在夢幻的世界
中任意翱翔，追逐著你飄忽不定的瘋狂
感，猶如一個拿著薄紗的孩子，在天國的
草原上奔跑著，捕捉蜻蜓。你看見了幻覺

的最高境界，使你決心朝著理想邁進。於
是，來回奔逐的美好的理想不再只是個虛
無縹緲的幻想，而是變得有體有形的，像
塔格利奧尼(Taglioni)[*6]一樣地活潑跳躍，
多麼的婀娜多姿啊！吸菸者，你們心知肚
明，這景象美化了大自然，生活裡所有的
困難一掃而空，生活變得輕鬆愉快，頭腦
思路變得清晰簡單，思想裡的灰暗蒼穹也
變成了一片藍天。只是奇怪的是，當水
菸、雪茄或菸斗一旦熄滅，這歌劇的帷幕
也就緊跟著落了下來。為了這極度的享
受，你付出了多大的代價呢？讓我們來考
察一下。考察結果同樣適用於由燒酒和咖
啡所產生的短暫效果。

吸菸者不再有唾液分泌，即使仍有唾液，

6　　——瑪利－塔格利奧尼(Marie Taglionil, 1804-1884)，19
世紀義大利名舞蹈家，公認為第一個成功的浪漫芭蕾舞
者。

唾液的分泌情況也不同以往，將轉變成一
種較黏稠的排出物。總之，若身體沒有排
出任何物質，菸會使血管腫大，堵塞或破
壞吸盤、溢口(les déversoirs)，及精密複
雜的乳頭狀突。乳頭狀突的奧妙運作正好
目前在哈斯帕伊(Raspail)[*7]的顯微鏡觀察
範圍內，我等候著他的觀察說明，我想這
結果會有它相當的實用性。我們就先暫時
停留在這個階段吧。

各種運行在血液和神經之間的黏液
(mucosités)，人類身體構造神奇柔軟的
部分(pulpe)，是偉大的鐘表匠創造出人
體循環中最奇妙的一處。幸虧於這創造
者，我們才得以巧妙地戲稱人為「人類」
(l'Humanité)。這些黏液是血在淨化、製

7　　——哈斯帕伊，法國醫學家。研究細胞組織長達10年時
　　　間，但由於經濟因素，他沒有錢買顯微鏡做觀察、研
　　　究，而是使用一般放大鏡。1833年，哈斯帕伊榮獲皇室
　　　獎章，使其偉大的有機化學(la chimie organique)得以受到
　　　極度的肯定。

造(quintessentiel)的過程中相當重要的媒介，攸關人類的未來。這些黏液對我們這部身體機器的內部平衡是相當重要的。當有激動情緒發生時，他們會被急速召喚，以應付情緒對身體所造成的衝擊。最後，你的身體便會感到口渴難受。所有曾人發雷霆的人都應該記得，生氣時會突然覺得口乾舌燥、唾液黏稠，而恢復到正常狀態的過程卻是十分緩慢的。這一切使我感到非常震驚，因而有了找尋極盡激烈的情緒來印證這事實的念頭。我早先就和兩位因為工作內容而不得不遠離社交活動的人士談好，請他們賞光與我共進晚餐。這兩位分別是巴黎保安警察首長及巴黎皇家前御用劊子手。他們[*8]和其他所有法國人一樣，具有公民、選舉權，能享受一切公民

8 ——1834年4月26日，巴爾札克確實在人文學家阿佩爾(Appert)的家中，與保安警察首長維多克(Vidocq)及巴黎皇家前御用劊子手桑松(Sanson)父子共進晚餐。

權法。那位著名的保安警察首長告訴我一個毫無例外的事實：所有他逮捕到的犯人都需要經過1到4週不等的時間才能使其唾液的分泌功能恢復到原先的狀態。這些人之中，又屬殺人犯的唾液分泌功能需最長的時間才能復原。劊子手則表示從末見過犯人在走向刑場時或是在被他整裝後吐痰的景象。

現在，請允許我報告一位艦長所提供的資訊，一個在他船上所進行的實驗，這結果事實完全證實了我們的理論。

事情發生在法國大革命以前。一艘在海上航行的皇家三桅戰艦(une frégate)上發生了一件竊盜案，小偷肯定是在船上。但

是，嚴格的搜查並謹慎觀察艦上集體船員的生活細節，都未能使艦上的官兵水手找出行竊的犯人。大家都為了此事絞盡腦汁。當艦長及參謀人員都對破案不抱任何希望的時候，水手長對艦長說：「明天一早，我就會將小偷找出來。」

所有人大吃一驚。第二天，水手長把全體船員召集到甲板整隊，並宣布他即將找出竊犯。他下令每個人伸出手，並給每個人一些麵粉。然後，他巡視一周，並命令每個人用自己的唾液將麵粉揉成麵團。有一個人因為沒有唾液而無法完成任務。

「他就是小偷」，水手長對艦長說道。
水手長是對的。

上述的觀察及事實證實了黏液整體的重要
性。它通過味覺器官排出多餘的液體，這
些液體即是胃液的來源。胃液是個機靈的
化學家，我們的實驗室至今仍無法了解箇
中道理。醫學告訴你最嚴重、患期最長、
來得最凶猛的疾病都是黏膜發炎的結果。
還有，鼻炎(corzya)，俗稱腦傷風(rhume
de cerveau)，會使人失去好幾天寶貴的能
力，其實只不過是鼻黏膜和腦黏膜受到輕
微的刺激罷了。

總而言之，吸菸會妨礙這些循環，破壞溢
口排出及乳頭狀突的功能，或者使乳頭狀
突吸收一些可能導致其阻塞的液體。因
此，在整個吸菸的過程中，吸菸者幾乎都
是遲鈍的。吸菸的民族，像歐洲最先開始

吸菸的是荷蘭人，常都是感情淡漠、萎靡
不振的：荷蘭人從來沒有人口過剩的現
象。他們對魚類食品、鹽醃製品及杜爾地
區特產的一種高濃度葡萄酒的偏好——霧
弗菲酒(Vouvray)[*9]，已稍微抵銷了菸草所
帶來的影響。儘管如此，荷蘭軍事仍然敗
落，時而淪為他國領地。這個國家的存在
應該歸功於其他各國政府不願意看到荷蘭
歸屬法國[*10]的妒嫉心態。總之，菸不管是
吸食還是咀嚼，都會產生值得注意的局部
現象：牙齒的琺瑯質被腐蝕、牙齦腫脹，
膿會在不注意的情況下和進食的食物混和
咀嚼，破壞唾液。

土耳其人吸菸過量，即使吸食的水菸能透
過水減輕其傷害力，土耳其人仍很快地就

9　　——霧弗菲葡萄酒大量自法國外銷比利時及荷蘭。

10　　——17世紀後期，荷蘭先後與英國、法國交戰，在海上
　　　荷蘭敗於英國(英荷戰爭)，在陸地荷蘭敗於法國(法荷戰
　　　爭)，從此衰落不振。1795年，荷蘭被法國占領，在1815
　　　年，拿破崙政權瓦解，荷蘭於1830年獨立。

耗盡體能。由於土耳其人家財萬貫、三妻
四妾、能夠以色戕身的人並不多，我們必
須承認菸草、鴉片和咖啡這3種相類似的
興奮劑是造成他們生殖能力敗廢的主要原
因。一個30歲的土耳其人相當於一個50歲
的歐洲人。氣候所能造成的影響因素並不
大，這是經由不同緯度比較證實的結果[11]。
然而，傳宗接代的能力是生命力的標準
(*criterium*)，而此能力與黏液的狀態有密
切的關聯。

為國家利益及科學著想，我將要公布一項
我所知道的實驗成果。有一位十分善良、
討人喜愛的婦人，只有在她先生遠離她身
邊時才愛他，這是一個絕無僅有、值得注
意的例子。這位婦人不知道如何在社會規

11　——專心在他的論點上，作者對氣候所造成的影響因素
　　避重就輕。

範的支配權下(l'empire du Code)遠離自
己的先生。她的丈夫之前是個水手，熱
愛吸菸，是個老菸槍(un pyroscaphe)。
婦人細心觀察先生的房事表現(les
mouvements de l'amour)，發現每當先生
因某些原因而吸菸量減少時，便會像假正
經人說的那樣，更顯殷勤。她繼續觀察，
發現房事的停休與吸菸量呈正比。50只
雪茄或香菸(丈夫可達到的菸量)可以讓她
獲得難得的安寧，就跟丈夫隸屬於舊制社
會(l'ancien régime)[*12]早已不復存的騎士
家族一樣困難的安寧。婦人對自己的發現
感到又驚又喜，於是允許丈夫恢復先前因
她而放棄的嚼菸習慣。3年的嚼菸、抽菸
斗、吸雪茄及香菸，使這位婦人成了全國
最幸福的女子之一。她有婚姻之名，無房

12　——「舊制」意指文藝復興後期到法國大革命前的時
　　間；「舊制」的結束亦代表法國皇家執政的終止。

事之實。

一位以敏銳觀察力出名的艦長曾跟我說
過：「嚼菸可以使部下更服從我們的指
令」。

V.

結論

菸酒公賣局肯定會反駁這些興奮劑副作用
的觀察，但這些論點是有根據的。我斗膽
的認為抽菸斗是德國人生性平和的主要原
因之一。抽菸會使人耗損一部分的精力。
就本質來說，菸酒稅是一個很愚蠢且反
對社會存在(antisocial)的制度[*1]，它使整
個國家陷入癡呆症(crétinisme)的劫難深
淵，為的只是希望像印度耍把戲的江湖術
士一樣，把金錢從這隻手丟到另一手中。
在現今這個社會裡，所有的階層都有一種
追求陶醉的傾向。道德家及政治官員們應
予以制止，因為醉生夢死，不管其表現形
式如何，都是對社會運行的一種傷害。蒸
餾酒及菸草威脅著現代社會，當我們看到
倫敦專為杜松子酒(du gin)所設的豪華酒
館時，應意識到節制社會的重要性。

1 ——法國最早先的菸草統一販售是從1674前開始實施，
法案於1791取消。1810年底，拿破崙又重新立案，統一
菸草製造及販賣。

里亞－薩瓦蘭是第一批注意到進食的東西
會對人類命運產生影響的人，以他當時的
社會影響力，他應該堅持製作一份統計
表，使其成為偉大思想家們的理論基礎。
統計學是一切事物的根源；它可以釐清一
個很重要的問題：現代的無節制行為與國
家未來間的關係。

葡萄酒，社會下層階級的興奮劑，其中有
一種有害的成分，但跟其他種類的興奮劑
比起來，我們至今仍無法確認葡萄酒使
人陷入瞬間昏亂(極罕見的現象)所需的時
間。

至於糖，法國之前有很長一段的時間缺
糖。據我所知，在1800到1815年裡出生

的人，患得肺病的比例高到驚嚇了醫學統計者，而這個高比例的原因可歸咎於先前的缺糖，就如同含入過量的糖可以引發皮膚病變的道理是一樣的。

的確，含有人量酒精的葡萄酒及甜酒是現今絕大部分法國人毫無節制的飲品；咖啡則是貴族們的興奮劑；糖含有磷光物質和燃素(des substances phosphorescentes et phlogistiques)，過度的食用，會改變生殖條件。如同科學已經實驗證明禁食魚產類會對後代產生影響是一樣的。

菸酒公賣局或許比賭博更缺德，比賭轉輪(la Roulette)[*2]更能使人墮落、更反對社會存在。蒸餾酒有可能是一種致命的產物，

2   ——「轉輪」在拿破崙執政府時期(Consulat, 1799-1804)開始盛行於法國。法國於1838年1月1日起開始禁止這遊戲。

其銷售流通應受到管制才是。人民就像是
個大孩子，政府應擔負母責。人民的飲食
習慣，整體來說，是政治裡很重要的一
環，但卻也是最受到忽視的一個部分，甚
至可以說還停留在襁褓時代。

這5種性質不同的過度行為都會產生類似
的後果：口渴、盜汗、黏液枯竭，最後，
生殖能力喪失。希望大家會記得以下這則
格言：

七

一切及於黏膜的過度行為都會減短壽命。

人類的生命力是有限的，平均分布在血
液、黏膜和神經循環之中。若我們為了其
中一種而耗盡另一種功能，則會造成身體
3分之1的殆盡。最後，我們以一句格言來
做總結：

八

當法國將其50萬大軍派遣到庇里牛斯山
時，萊茵河畔就沒有兵力了。人的道理也
是一樣的。

奧諾雷·德·巴爾札克
(Honoré de Balzac)

附

錄

巴爾札克——天才人文藝術家

文／甘佳平

巴爾札克自許為「文學拿破崙」
(Napoléon des lettres)，並立志表示將用
筆完成拿破崙用劍無法完成的事。其《人
間喜劇》是由137部作品組合而成的巨
作，記載了各個階層社會及各行各業的人
在全國各地的生活狀態。在簡單敘說故事
的背後裡，反映的是作者終其一生的鑽研
及思考，一個改革社會的夢想。

一般而言,台灣讀者對「巴爾札克」的
認識僅限於《高老頭》(*Le Père Goriot,*
1835)及《歐也尼‧葛朗台》(*Eugénie
Grandet,* 1833)這2本小說,只能大略知道
作者為法國19世紀偉大文豪、寫實派作家
等。而這一切認知的起源可能都得感謝戴
思杰(Dai Sijie)的《巴爾札克與小裁縫》
(*Balzac and the Little Chinese Seamstress,*
2003),成功地將法國與中國文化連接在
一起。只可惜,這小說(後改編成電影)裡
談到巴爾札克的部分有限,只強調其作品
在文化大革命期間被歸類為「禁書」,因
為書中談及的人事物都反映了封閉中國所
不能接受的世界,「一個有關於女人、關
於愛情、關於性愛的世界」。

因此，究竟這個不被20世紀中國所接受的法國作家為何人？其作品特色為何？又有何成就及影響？

生平

巴爾札克於1799年出生於法國中部杜爾城(Tours)的一個中產階級家庭。父親是一個懂得如何在亂世中攀附關係、出人頭地的人；母親則小父親10多歲，一生痛恨自己門當戶對、沒有感情基礎的婚姻，對小巴爾札克也顯得相當苛刻，8歲即被送進校舍，獨自生活。母親一整年探望他不到兩次，但對自己與情夫婚外情生下的小兒子亨利[*1]則格外寵愛。嚴重缺乏母愛的巴爾札克一直到母親臨終前都沒有辦法原諒

---

1 ——巴爾札克將對弟弟亨利的厭惡寫入《30歲的女人》(*La femme de trente ans*) 裡，在他的眼裡，過於受寵的亨利只是一個扶不起的阿斗。本文注釋均為作者所注。

她的無情冷漠，並將這份愛的需求轉移到
比自己年齡增長許多的情婦身上。於是，
年長他20歲的貝妮夫人[*2](Laure de Berny)
變成剛滿20歲的巴爾札克努力追求的對
象。除了寫作及金錢上的幫忙外，與貝妮
夫人的接觸也使巴爾札克觀察到上流貴族
社會的生活與思想，從此對政治有了新觀
感，於是開始接近保守派(保皇派)，與熱
血沸騰的革命黨員漸行漸遠。

寫作生涯初步對巴爾札克是非常艱辛的。
父親期望他可以成為傑出的律師，但他卻
在20歲時對哲學及文學創作激起了一股熱
情。好不容易說服了家人給他2年的時間
證明自己的才華後，他卻苦於找不到自己
的風格，一味地只想要成功、盲目地迎合

2   ——在貝妮夫人離世後(1836)，巴爾札克將這份思念與長
        達12年的感情寫入《幽谷百合》(Le Lys dans la Vallée)。

當時的寫作潮流。心虛的他只能藉由暱名
來發表作品。一直要到1829年巴爾札克才
開始有勇氣以真名示人。在這之前發表的
作品，除了評論家及文學雜誌無情的抨擊
外，就連他自己也曾在1834年對自己下了
嚴格的審判，認為這只是些「毫無價值的
文學創作」(cochonneries littéraires)[*3]。
不過，可以確定的是，這近10年的寫作磨
練對他日後的文學成就是有絕對幫助的。

1829年為巴爾札克一生轉變最大的一年。
在寫作中得不到成就感的他，於1825年
開始投入於出版事業，並在1827年不顧
一切砸下大錢成立自己的印刷公司，但
年少不經事的他並不懂得金錢掌握及完
善經營，終於在1829年宣布倒閉[*4]。除了

3　　——*Correspondance*, le 2 avril 1822, Roger Pierrot, Garnier,
　　　Paris, 1960-1969. t. I. p. 158.

4　　——巴爾札克將這些關於印刷的悲慘經驗寫入《幻滅》
　　　(*Illusions Perdues*, 1835-1843)。

驚人的巨額負債外，巴爾札克也同時下了一個重大的決定：專心致力於文學創作。於是，同一年裡，他成功地出版了2部引起廣大回響的小說：《婚姻生理學》(*Physiologie du mariage*) 及《舒昂黨人》(*Les Chouans*)。即便當時文學界對他的寫作風格仍持著保留的態度，但他細心的觀察及對傳統婚姻的犀利批判已使得他的名氣得以快速地在巴黎的文學沙龍[*5](*les salons littéraires*) 裡快速攀升。

從此之後，巴爾札克的寫作事業如日中天，隨而伴之的是一段段刻骨銘心的愛情，而這些豐富的愛情史也是他政治立場搖擺不定的主要原因之一。1829年，在多次巴黎拜訪後，巴爾札克開始和鉅

5   ——愛好文學的貴族或中產階級常會在家中設立「文學沙龍」，吸引文學家前來討論交換意見。

瑪·卡羅(Zulma Carraud)書信聯絡，這
位「好朋友」心繫社會問題，支持拿破崙
革命軍(左派)，對巴爾札克的影響是非常
深遠的。但3年後，受到卡思特公爵夫人
(la duchesse de Castries)的左右，巴爾札
克開始積極地參與右派政治，除了投稿寫
下大量的時事文章之外，亦曾數次向保
皇派毛遂自薦表示參選的意願。翌年，
另一位保守派的貴族女人走進了巴爾札
克的生活：昂斯卡伯爵夫人(la comtesse
Hanska)，一個來自於波蘭的忠實讀者。
由於波蘭當時尚未受到革命思想的衝擊，
貴族與國王的社會地位仍然相當穩定崇
高，因此，在昂斯卡夫人17年的薰陶之
下，巴爾札克更是傾心於中央集權的封建
國家。這個想法無疑地奠定了他日後的寫

作方向。

除了這些情婦的陪伴與支持外，巴爾札克
還有一個成功的祕密：咖啡。為了可以
一天連續18個小時、幾乎不眠不休的撰
稿、修稿、校稿，巴爾札克強飲大量的黑
咖啡，還甚至將如何沖泡出高濃度的提神
咖啡寫在《論現代興奮劑》一書裡，與讀
者分享自己多年心得。在書中，他巧妙地
將寫作比喻為「作戰」，而咖啡，即是可
以幫助他領導各軍隊打勝戰，順利交稿的
祕訣。可敬的是，雖然巴爾札克一直都十
分清楚這「毒品」對他健康造成的嚴重傷
害，但為了能夠不斷的自我超越，他選擇
像個「藝術家」(artiste)，以自己的生命
去換取更高的成就。在見證自己生命殆盡

的同時，作者也體悟出一套自己的生命哲
學：若為了理想而在很短時間內快速地耗
盡自己的「生命能量」(énergie vitale)，
我們就會像個從頭部開始燃燒的「人型蠟
燭」，燒得特別亮、但也特別快。巴爾札
克在40多歲就有健康問題，51歲即英年早
逝。

人間喜劇

《人間喜劇》，是指一個由137部作品組
合而成的巨作，除了96本小說外，還包含
了散文、短評、寓言及神怪故事等。《人
間喜劇》分為3部分：「風俗研究」、
「哲理研究」和「分析研究」。「風俗研
究」探討社會現象；「哲理研究」則是解

釋造成這些現象的原因;「分析研究」進
而更深入這些原因做分析及研究。其中,
又以「風俗研究」的創作最為最要,可再
依故事情節細分為6小類:「私人生活場
景」、「外省生活場景」、「巴黎生活場
景」、「政治生活場景」、「軍隊生活場
景」、「鄉村生活場景」。各類大小人物
一共有6千多人,可以追溯出血緣關係的
人物約有1千多人。

《人間喜劇》的概念在是巴爾札克在1841
年提出的,當時他已有10多年的寫作經
驗了,也累積了一定的寫作量。為了整合
1829年後出版的小說,給予一個整體的結
構性,他語出驚人的表示要將上百本的作
著結合成一部有連貫性的小說。為了實現

理想，加強小說及人物間的關係，他開始
大量地使用「人物再現法」(le retour des
personnages)，讓部分特定人物在多部作
品裡反覆出現，使讀者對這些人物能有更
深層、更多面的了解。此外，作者還常藉
由不同人物的對話及「閒談」，勾喚起讀
者的記憶，使其能察證人物的變化與成
長。因此，相較於一般傳統小說，《人間
喜劇》結構緊實、環環相扣、相互呼應，
其中的人物是會改變的，是「活的」、
「有人性」的。在作者竭盡心力的整合與
安排下，人物間緊密的關係發展出了一個
獨立而完整的社會，一個名副其實的「巴
爾札克世界」(le monde balzacien)。

這樣一個多變性的想法來自於巴爾札克10

多年來對周遭生活人事物的細心觀察及
體悟。他察覺到「人性」(l'Humanité) 和
「獸性」(l'Animalité)[*6] 其實是非常相似
的。為了能夠生存於社會或大自然裡，人
類如同動物，會發展出各種因應變化。因
此，《人間喜劇》，特別是「風俗研究」
的主要概念就是將人依特屬性質編排分
類，再予以分析研究。但由於每一種「種
類」(type)的人物有可能會因際遇的不同
而發展出截然不同的結果，亦或是同一個
人物，有可能會在2部小說中顯現出完全
不一樣的個性及表現，因此，「人物再現
法」是一個可以高明地呈現此種人性複雜
關係的方法之一。

事實上，「人物再現法」最早出現於1835

6   ──《人間喜劇·前言》，t. I, p.18。

年，這轟動一時的《高老頭》也因此被
公認為《人間喜劇》裡最重要的一部劃
世紀小說。人物哈斯提涅(Rastignac)早在
1832年就曾出現在《女人學》(*Etude de
femmes*)及《其他女人學》(*Autre étude de
femme*)裡。自此之後，「人物再現法」
被廣泛地運用，哈斯提涅在整個《人間
喜劇》裡反覆出現20餘次。銀行家紐辛
根(Nucingen)現身百餘次，創下最高紀
錄。越獄逃犯佛特漢(Vautrin)在被逮捕
入獄後，於1838年出獄，並現身於《煙
花女榮辱記》(*Splendeurs et misères des
courtisanes*)，且在此書的末章節(1847)裡
搖身變成知名警探。另外，醫科學生碧昂
首(Bianchon)變成《人間喜劇》遠近馳名
的名醫，醫術精湛到可使人起死回生，就

連巴爾札克本人在病入膏肓時，都還忘情地大喊他的名字，因為只有碧昂首救得了他。因此，《高老頭》為《人間喜劇》龐大規模的扎實基底，堪稱《人間喜劇》的最佳代表作，探討的主題已包羅萬象：金錢、政治、社會、友情、親情、愛情等。藉由人物雜居於平民旅館所發展出來的複雜關係，巴爾札克成功地將人生舞台與文學小說結合在一起。

在這史無前例的偉大文學工程後，藏有作者的雄心壯志，即是將法國19世紀社會完整地抄錄下來。為此，巴爾札克自許為「文學拿破崙」(Napoléon des lettres)，並立志表示將用筆完成拿破崙用劍無法完成的事。因此，《人間喜劇》記載了各個

階層社會(貴族、中產階級、平民)及各行
各業的人(醫生、銀行家、軍人、商人、
神父等)在全國各地(巴黎、外省、鄉村)的
生活狀態。為了使人物能完整地重現於讀
者眼前,作者細心地描述所有細節,從住
所、家具、衣著、生活習慣到往來對象,
無一遺漏。事發的歷史背景也當然不忘交
代清楚:法國大革命、波旁復辟、七月革
命等。最後,再巧妙地賦予人物不同的鮮
明個性,使其成為所謂的「經典人物」,
例如:葛朗台代表吝嗇、高老頭代表親
情、紐辛根代表金錢、佛特漢代表黑勢
力、哈斯提涅代表不擇手段的利益主義者
(arriviste)等。

若我們結合以上談到的3點:「人性與獸

性」、「人物再現法」到「經典人物」，
我們可以意識到《人間喜劇》的真正主
旨：描寫人如何在一個弱肉強食、社會制
度正在快速瓦解的社會裡求生存、累積財
富、邁向成功。哈斯提涅在《高老頭》裡
的艱辛經歷即為當時所有想成功之青年的
最佳寫照，要想在一個失去規範的社會裡
成功，只有兩條路可走：一是埋頭苦讀，
但成功之日遙遙無期；另一個選擇則是接
受殺人犯佛特漢的協助，昧著良心快速地
求取功名。哈斯提涅表面上是拒絕了佛特
漢的提議，但這決定似乎沒有讓他決心走
向正途。《高老頭》的最後一幕即是在描
寫人性如何在這無情社會下被毀滅。在葬
下高老頭後，哈斯提涅立即動身前往銀行
家紐辛根家，與紐辛根太太結下一段不解

之緣。在接下來的小說裡，哈斯提涅已不再是《高老頭》裡那天真單純的學生了，而是一個懂得如何踩著別人頭頂往上爬的「個人主義者」(individualiste)。這樣一個人性醜態也可以在高老頭和女兒們的關係中觀察出來。兩個女兒們為了成功、為了能進入上流社會、脫離俗氣不堪的中產階級，已完全失去了最基本的人道觀念：自己父親的求見及喪禮竟沒有一場舞會來得重要！紐辛根或許不是《人間喜劇》裡最完美的人物，但他代表的金錢勢力是連畢生寫作還債的巴爾札克也無法不屈服的。

也因此，《人間喜劇》並不像巴爾札克謙虛地表示那樣僅只為了誠實記載當時社會

的一切現象*7。如果「風俗研究」只是為
了描寫社會問題,那麼,「哲理研究」和
「分析研究」則是偏重在分析、解說社會
的運作狀況。但是,常常這之間的分界也
並不是那麼地明確——社會問題的揭發常
伴隨著一定的分析解釋及衷心的建議改革
(與黑勢力合作或許可以是一個轉變?)。
也因此,在簡單敘說故事的背後裡,我們
隱約可以探索到作者偉大重建理想社會的
動機。他藉由小說揭露當時社會人心的醜
態(過分的野心、虛榮心、自私自利和投
機取巧等),將他個人的理想與他細膩的
觀察力及豐富的想像力結合,使讀者在探
險19世紀社會的過程中亦能感受到作者的
敏感處及其高尚情操。這「不能自我」的
情感投入也使得巴爾札克的成就遠超過於

7   ——1842年《人間喜劇·前言》中,巴爾札克指出:
      「法國社會就像歷史家,我的工作只是當他的祕書。」

一般的小說家，《人間喜劇》也不再只是
一部普通的文學作品，它反映的是作者終
其一生的鑽研及思考，一個改革社會的夢
想。

成就與影響

雖然巴爾札克的創作時期只有短短的20
多年，但他的成就卻是少有人能並駕齊驅
的。他在文學領域裡創下的高度藝術連當
時享有盛名的雨果也不得不感到敬佩。除
了連夜趕到巴爾札克家只為見他最後一
面，並將個人哀傷心情寫在〈巴爾札克
的逝世〉(La mort de Balzac, 1850) 一文
外，雨果還在巴爾札克的喪禮上敬詞，輓
悼這位文壇巨人：

他所有的小說組合成一部巨作，一部生動
的、鮮明的、有深度的著作，裡頭的一舉
一動都取自於我們近代的文化，看的讀者
們感到莫名的膽顫心驚。這位詩人稱他偉
大的作品為「喜劇」，但他應將他命名為
「歷史」的……這本書匯集了觀察力與想
像力，重現真理、私密、中產階級、粗俗
平庸及物質等現實生活，但在歷經了真實
事件的快速震盪毀壞後，瞬間只留下最暗
淡、最悲慘的理想。

就連當時著名的文學評論家──波德萊爾
(Baudelaire)，也在巴爾札克離世後致上
了他最崇高的敬意，以最貼切入微的方式
點出《人間喜劇》最值得令人欽佩的地
方──每個人物的真實活現都是作者用心

及自我投入的結果，每個人物都是巴爾札克的化身：

在他個人感情的驅使下，所有的人物都被賦予了高度的生命力。他的故事就如夢想般的絢麗耀眼。總之，他筆下的各個人物，即便只是個看門員，都具有才華；每個靈魂都被注入了溢頂的堅強意志力。[*8]

巴爾札克及其作品所開創的文學高峰也成了後輩敬仰、學習的對象。左拉(Zola, 1840-1902) 可算是被影響最深的作家，無論在題材選擇或是寫作技術上都可明顯地看出他對前人的崇拜。《盧貢－馬卡爾家族》(*Les Rougon-Macquar*, 1871-1893) 是繼《人間喜劇》後另一部由20冊

8　　—— *L'Art romantique*, 1869, Garnier, Paris,1962, p. 535-536.

小說組合而成的著作，人物約有1千2百餘人，故事內容亦反映當時社會情景，為法國第二帝國的一套百科全書。除此之外，巴爾札克對福樓拜(Flaubert, 1821-1880)亦帶來不小的影響，即便後者堅決否認其可能性。無論如何，《包法利夫人》(*Madame Bovary*, 1856)及《感情教育》(*l'Education sentimentale*, 1869)，這2部自傳式的愛情社會分析小說都和巴爾札克的寫作風格「不謀而合」。就連普魯斯特(Proust, 1871-1922)的成就也和巴爾札克有絕對性的關係，《追憶似水年華》(*À la recherche du temps perdu*)由7部小說組成，其中人物的刻畫及代表性都很難不令人聯想到《人間喜劇》。

一直到今天，法國小說家仍無法脫離此一
文學巨人的影響，巴爾札克的著作也一直
是法國高中生必讀的書籍之一。在作者細
膩的文筆下，在重遊19世紀的同時，讀
者可深切地感受到「小說即人生，人生即
小說」的概念。於某種程度下，人性是永
恆不變的，高老頭對女兒們不離不棄的親
情、哈斯提涅對成功的不擇手段、紐辛根
代表的金錢及佛特漢代表的黑勢力，對21
世紀的我們來說仍是那麼熟悉。因此，巴
爾札克屹立不搖的文學價值就如同這人性
的永恆，因為真實而長遠。

作 者

奧諾雷 · 德 · 巴爾札克
Honoré de Balzac, 1799-1850

為19世紀法國著名作家,因曾在一幅拿破崙的畫像上寫下
「彼以劍無法完成的事,余以筆完成」,欲以筆征服人類
社會之豪語,而有「文學拿破崙」之稱。

生於中產家庭、法學院畢業的巴爾札克曾從事短期法律工
作,後投入專職寫作並經營印刷生意。歷經初期的不得
志,巴爾札克自1834年開始,有系統地彙整其著作,陸
續寫出一系列長篇社會小說,反映革命後法國社會生活、
構成長幅人情風土文字畫卷,並於1840年取名為《人間
喜劇》。其中收納各類小說與隨筆90餘部,包括著名的
《高老頭》(*Le Père Goriot*)、《歐也妮 · 葛朗台》(*Eugénie
Grandet*);出場人物多達2,400多人,廣泛反映19世紀上半
法國社會風貌。《人間喜劇》為人類文學史上罕見的文學
豐碑,被視為法國社會的「百科全書」,影響後世作家甚
深。

譯 者

甘佳平

法國普羅旺斯大學,艾克斯馬賽第一大學現代文學系學
士、碩士、博士。留法7年期間曾擔任法國普羅旺斯大學、
艾克斯馬賽第三大學之附屬語言中心法語教師,並曾任職
法國馬賽國家歌劇院。回國後,先後任教中央大學語文中
心、文化大學推廣中心、政治大學歐語學程法文組、淡江
大學法語系。現為中央大學法國語文學系專任助理教授。

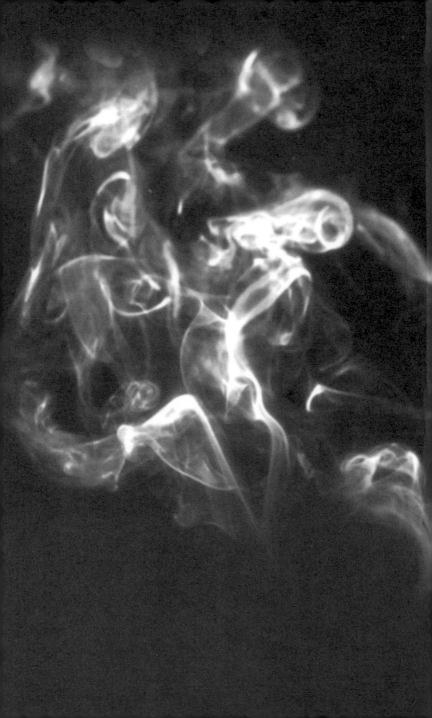

論現代興奮劑

2010年12月初版　　　　　　　　　　　　　　　　定價：新臺幣270元

有著作權・翻印必究

Printed in Taiwan.

著　　　者	Honoré de Balzac	
譯　　　者	甘　佳　平	
發　行　人	林　載　爵	

出　版　者	聯經出版事業股份有限公司	叢書主編	賴　雯　琪	
地　　　址	台北市基隆路一段180號4樓	校　　對	居　樂　斯	
編輯部地址	台北市基隆路一段180號4樓	美術設計	黃　子　欽	
叢書主編電話	（02）87876242轉225			
台北忠孝門市	台北市忠孝東路四段561號1樓			
電　　　話	（02）27683708			
台北新生門市	台北市新生南路三段94號			
電　　　話	（02）23620308			
台中分公司	台中市健行路321號			
暨門市電話	（04）22371234ext.5			
高雄辦事處	高雄市成功一路363號2樓			
電　　　話	（07）22112234ext.5			
郵政劃撥帳戶第0100559-3號				
郵撥電話	27683708			
印　刷　者	世和印製企業有限公司			
總　經　銷	聯合發行股份有限公司			
發　行　所	台北縣新店市寶橋路235巷6弄6號2樓			
電　　　話	（02）29178022			

行政院新聞局出版事業登記證局版臺業字第0130號

本書如有缺頁，破損，倒裝請寄回聯經忠孝門市更換。　　ISBN　978-957-08-3731-5（平裝）

聯經網址：www.linkingbooks.com.tw

電子信箱：linking@udngroup.com